VENTE DU LUNDI 3 MARS 1890

HOTEL DROUOT, SALLE N° 3

A 2 HEURES

BEAUX MEUBLES

DE

CABINET DE TRAVAIL

De style Louis XVI

Collection de Plats en ancienne porcelaine de Chine

TABLEAUX

Tapisseries anciennes

EXPOSITION

LE DIMANCHE 2 MARS 1890

DE 2 HEURES A 6 HEURES

COMMISSAIRES-PRISEURS

Me LÉON TUAL	**Me BOUTTÉ**
56, rue de la Victoire, 56	26, rue de Châteaudun, 26

EXPERT

M. B. LASQUIN, 12, rue Laffitte.

HOMO ADDITVS NATVRÆ
IMPRIMERIE DE L'ART

CONDITIONS DE LA VENTE

Elle sera faite au comptant.

Les adjudicataires payeront *cinq pour cent* en sus des enchères.

L'Exposition mettant le public à même de se rendre compte de l'état des objets, il ne sera admis aucune réclamation une fois l'adjudication prononcée.

Paris. — Imp. de l'Art, E Ménard et Cie, 41, rue de la Victoire.

DÉSIGNATION DES OBJETS

AMEUBLEMENT

Très bel ameublement de cabinet de travail en acajou moucheté, sculpté et orné de bronzes dorés de style Louis XVI, exécuté par Goeckler.

Cet ameublement comprend :

1 — 1° Très beau régulateur, à cage en acajou orné de moulures, à feuilles d'eau, oves, perles et rais de cœur.

Le mouvement, au nom de Boursier, marche quatre semaines, marque les quantièmes et bat la seconde ; le balancier est à compensation.

2 — 2° Bureau-ministre à pieds détachés, avec patins, dont les montants cannelés contiennent chacun cinq tiroirs garnis de poignées de bronze ; le panneau opposé est sculpté en bas-relief et représente deux amours

près d'un autel ainsi que deux trophées d'attributs des Sciences et des Arts ; les côtés latéraux sont ornés de couronnes retenues par des rubans.

3 — 3° Très belle bibliothèque, le bas ouvrant à deux portes ornées de bas-reliefs représentant chacun un motif des Quatre Saisons suspendu par des rubans. Le haut, à deux portes vitrées, est surmonté d'un fronton, de deux vases et d'un motif de milieu sculptés.

4 — 4° Bibliothèque analogue à la précédente.

5 — 5° Grand cartonnier à deux corps de même ordonnance que les bibliothèques qui précèdent.

Le bas à trois portes très finement sculptées, offrant une figure allégorique et deux motifs de rinceaux ; le haut, divisé en trois parties, contient 24 cartons. Il est décoré d'un fronton également sculpté.

6 — 6° Et un petit meuble à douze tiroirs, de même style que les précédents, dit papeterie volante.

7 — Jolie vitrine Louis XV en bois de rose, ornée de chutes rocaille, de rosaces et de mou-

lures en bronze doré ; l'intérieur contreplaqué en palissandre. Dessus de marbre.

8 — Petite pendule et son socle de suspension du temps de Louis XV, en marqueterie, ornée de chimères, mascaron et surmontée d'une figure en bronze doré.

9 — Pendule et son socle de suspension de style Louis XIV, en marqueterie de cuivre et d'écaille rouge, ornée de chutes, de volutes et de vases, et surmontée d'une figure de Renommée en bronze doré.

10 — Piano demi-queue d'Érard, en bois noirci.

11 — Ameublement de salon en palissandre, forme Louis XIV, garni de velours rouge, composé d'un canapé, quatre fauteuils et quatre chaises.

12 — Table de milieu de salon en palissandre.

13 — Meuble d'entredeux en marqueterie de cuivre, genre Boule.

14-15 — Deux bureaux-ministre en acajou.

16 — Table-bureau en acajou.

17 à 20 — Quatre casiers en chêne.

21 — Glace à bordure en bois sculpté à jour et doré.

22 — Glace à bordure à fronton en bois sculpté à jour et doré.

23 — Glace à encadrement doré de style Louis XVI, surmonté d'un groupe de deux colombes.

BRONZES D'ART ET D'AMEUBLEMENT

24 — Statuette de Lafayette, d'après Bartholdi, en bronze de Barbedienne. — Haut., 71 cent.

25-26 — Deux paires d'appliques à deux lumières de style Louis XVI, en bronze doré.

27 — Deux candélabres en bronze du temps de l'Empire.

28 — Deux lampes en porcelaine craquelée.

29 — Brûle-parfums en bronze.

ANCIENNES PORCELAINES

DE CHINE ET DU JAPON

30 — Plat en ancienne porcelaine de Chine, de très belle qualité, décoré en émaux de la

famille verte. Au centre, un sujet de sept figures représentant des guerriers tartares recevant des présents; bordure à six compartiments d'attributs.

31 — Plat en vieux Chine, à riche décor en émaux de couleurs. Au centre, un foang, deux canards sur un rocher fleuri et des oiselets voltigeant, dans un bandeau circulaire; le marli à huit réserves de fleurs et d'oiseaux.

32 — Joli plat en vieux Chine, décoré en émaux de la famille verte. Au centre, un sujet familier de sept figures, femmes et enfants autour d'un aquarium; la bordure ornée de quatre réserves de fleurs sur un bandeau imbriqué et quadrillé varié de couleurs.

33 — Plat en vieux Chine, décoré en émaux de la famille verte. Au centre, des arbustes fleuris; au bord, quatre compartiments de fleurs séparés par des bandes quadrillées.

34 — Plat en vieux Chine, décoré d'oiseaux, de papillons et d'ustensiles près d'un rocher fleuri; la bordure à six petites réserves de fleurs sur fond imbriqué.

35 — Plat en vieux Chine, décoré en émaux de couleurs de neuf vases de fleurs rayonnant vers le bord.

36 — Plat en vieux Chine, décoré en émaux de couleurs. Au centre, deux coqs sur un arbuste; au bord, un bandeau rose quadrillé avec six réserves en bleu.

37 — Petit plat creux en vieux Chine, décoré en émaux de la famille rose. Au centre, un coq et des chrysanthèmes; au bord, un riche lambrequin.

38 — Deux plats en vieux Chine, décorés en émaux de couleurs. Au centre, deux canards et des lotus; au marli, huit figures dans les flots.

39 — Plat en vieux Chine. Au centre, un foang et des chrysanthèmes; bordure à fleurs avec réserves d'animaux.

40 — Deux plats en vieux Chine, décorés en émaux de la famille rose. Au centre, deux oiseaux et des chrysanthèmes; bordure avec riche lambrequin.

41 — Deux grands plats en ancienne porcelaine de Chine, décorés en couleurs avec rehauts

d'or. Au centre, des écussons au-dessous des-
quels se lisent les noms Meggelen et Loven
entourés de fleurs. La bordure est à réserves
de paysages et de fleurs sur fond bleu quadrillé.

42 — Deux beaux plats en vieux Chine, décorés
de fleurs émaillées en couleurs, de poissons,
et de deux écussons couronnés.

43 — Deux grandes coupes rondes en vieux Japon, décor bleu, rouge et or. Au centre, une
corbeille et des arbustes. Au bord, huit compartiments de fleurs et d'oiseaux sur fond
blanc et fond or.

44 — Plat en vieux Japon bleu, rouge et or. Au
centre, un vase de fleurs; bordure d'ara-
besques.

45 — Plat en vieux Japon, décoré de chrysanthèmes en bleu, rouge et or. Au bord, des
poissons et des branches fleuries.

46 — Deux plats en ancienne porcelaine du Japon,
à décor en bleu, rouge et or, à compartiments
d'arbustes et de fleurs.

47 — Deux plats en vieux Japon, à décor bleu,

rouge et or, offrant une rosace au centre et des tiges de fleurs rayonnant vers le bord.

48 — Plat en vieux Japon, décoré d'un rocher fleuri au centre.

49 — Deux vases en vieux Japon, décorés en rouge, bleu et or.

50 — Plat en vieux Japon. Au centre, trois vases; bordure à balustrade.

51 — Plat en ancienne faïence de Rhodes, décoré d'œillets en bleu, vert et rouge.

52 — Plat en ancienne faïence de Rhodes, décoré d'œillets en vert, rouge et bleu.

PORCELAINES DIVERSES

53 — Service en ancienne porcelaine de Chantilly, à décor bleu, composé d'une soupière, trois plats ronds, trois plats longs, quarante-trois assiettes plates et dix assiettes creuses.

54 à 70 — Seize figurines et groupes en ancienne porcelaine de Saxe, de Frankenthal et autres fabriques d'Allemagne.

TABLEAUX ET DESSINS

71 — **Petit (Eug.).** Fruits : oranges et grenades sur une table.

72-73 — **Péraire (P.).** Paysage des bords de la Seine. Deux pendants.

74 — **Villain.** Plat d'huîtres.

75 — **Villain.** Œufs sur le plat.

76 — **Villain.** Pot de fleurs.

77 — **Villain.** Les Pêches.

78 — **Villain.** Jeune Fille assise au chevet de sa petite sœur.

79 — **Hobbema** (D'après). Le Moulin à eau.

80 à 101 — Vingt-deux tableaux, aquarelles et dessins par Coessin de La Fosse, Van den Bos, L. Matout, Paul Flandrin, Charles Detaille, Gide, Boggs, Casanova, Pointelin, Caraud, Barillot, Thirion, Gervex, Mory, Viollet-le-Duc, Edmond Yon, etc.

TAPISSERIES ANCIENNES

102 — Tapisserie du xviiie siècle, représentant un sujet mythologique dans un paysage avec architecture. Bordure de fleurs.

103 — Tapisserie d'Aubusson, représentant une scène tirée de l'histoire de l'enfant prodigue, avec bordure à fleurs et ornements.

104 — Panneau carré en tapisserie flamande, à paysage boisé.

105 — Panneau en largeur, tapisserie d'Aubusson, représentant un sujet de chasse au sanglier. Époque Louis XV.

106 — Panneau carré en ancienne tapisserie flamande : Autruches dans un paysage.

107 — Tapisserie Louis XIII, parterre d'un château, avec bordure à colonnes, fruits et médaillons sur trois côtés.

108 — Tapisserie flamande : Paysage boisé avec rivière, animé de figures.

109 — Tapis en velours jaune, dessin ton sur ton, entouré d'une frange.

110 — Tapisserie ancienne.

OBJETS DIVERS

111 — Fauteuil tonkinois.

112 — Grand tambour annamite.

113 — Bouclier annamite.

114 — Garniture de cheminée, en bronze, de
Denière.

115 — Secrétaire Louis XVI.